CONTOS
PARA
NÃO
SE LER
SOZINHO

1ª Edição

LAÍS FERREIRA DE OLIVEIRA

CONTOS PARA NÃO SE LER SOZINHO

COPYRIGHT © SKULL EDITORA 2022
COPYRIGHT © LAÍS FERREIRA DE OLIVEIRA 2022

Proibida a reprodução total ou parcial desta obra, de qualquer forma ou por qualquer meio eletrônico, mecânico, inclusive por meio de processos de fotocópia, incluindo ainda o uso da internet, sem a permissão expressa da Editora Skull (Lei nº 9.610, de 19.2.98).

Editora: **Skull**
Editor Chefe: **Fernando Luiz**
Capa: **Alice Prince**
Revisão: **Rafael Esteves Ramires**
Diagramação: **Rafael Esteves Ramires**
Ilustrações: **Laís Ferreira de Oliveira**

Dados Internacionais de Catalogação na Publicação (CIP)
(Elaborada por Jéssica de Oliveira Molinari - CRB-8/9852)

Oliveira, Laís Ferreira
Contos para não se ler sozinho/Laís Ferreira de Oliveira. ——
Brasil: Editora Skull, 2022.
80 p.: il. 11 x 18 cm

ISBN 978-65-86022-82-7

1. Ficção Brasileira 2. Horror 3. Suspensa 4 I. Título

21-0024

CDD B869.93

Índice para catálogo sistemático
1. Ficção Brasileira

Todos os direitos reservados, incluindo os direitos de reprodução integral ou em qualquer forma

CNPJ: 27.540.961/0001-45
Razão Social: Skull Editora Publicação e Venda de Livros
Endereço: Caixa postal 79341 — Cep: 02201-971, — Jardim Brasil, São Paulo – SP
Tel: (11)95885-3264

www.editoraskull.com.br.

Dedico e agradeço esse livro às mulheres que fazem parte da minha vida, sem elas esse livro não existiria.

SUMÁRIO

RAINHA DO ARSÊNICO 09

RETRATO FALADO 15

VIDA? 19

O COVEIRO 23

A VELHA 29

OLHOS NA RATOEIRA 35

AS GÊMEAS 41

A TRAPAÇA 45

O SOLDADO 53

ENRASCADA 59

AS FLORES 63

DEMÔNIOS ENCAIXOTADOS 71

RAINHA DE ARSÊNICO*

Finalmente consegui convencer Carla a participar de minha peça de teatro. Uma atriz do nível dela, em meu teatro, era difícil de acreditar!

Foi muito cansativo entrar em contato com ela, mas eu havia conseguido e tudo estava correndo como planejado.

Havia apenas um único problema: na peça, Carla faria o papel de uma rainha, a Rainha Aurora, e ela exigia que tudo fosse de verdade e da melhor qualidade. Roupas, joias, sapatos e etc...

Aquilo havia me causado um prejuízo enorme, porém, eu tinha prometido que não ia lhe dar nada falsificado. E, afinal, valeu a pena! Todos os ingressos se esgotaram em apenas um dia de venda.

Ela aceitou fazer apenas uma apresentação, mas foi o suficiente.

Eu já a conhecia de outros palcos... Atuamos juntos diversas vezes. Éramos grandes amigos. Porém, a fama dela aumentou grandemente diferente da minha. Seu rosto angelical e sua voz doce, ajudaram muito em sua carreira.

E hoje era o grande dia. O teatro estava muito movimentado; ajudantes corriam por todos os lados atendendo aos pedidos de Carla e eu completamente desesperado tentando deixar tudo na mais perfeita ordem.

O cenário estava perfeito, os figurinos estavam impecáveis. Em poucos instantes o público chegaria mas a tensão que existia em meus ombros já sumira.

Carla vinha em minha direção. Estava magnífica. O grandioso vestido azul-turquesa lhe caía muito bem. E o colar de diamantes, que havia me custado um bom dinheiro, dava um toque de delicadeza em seu pescoço.

— Carla, você está estonteante!

— Obrigada, Arthur — ela me retribuiu com um sorriso falso. Aquele que eu conhecia há anos e reconhecia à quilômetros de distância. — Esses diamantes ajudaram muito para deixar tudo ainda mais deslumbrante.

— Que bom que gostou. Eles custaram caro mas eu havia te prometido tudo de bom e do melhor.

Ela sorria para mim com aquele olhar tão puro quanto veneno...

— Bem... É melhor eu ir para trás das cortinas. Daqui a pouco o público começa a chegar e eu estou aqui...

Ao dizer isso ela virou as costas e se foi. Eu fiz o mesmo, ainda precisava conferir se tudo estava em ordem, pela milésima vez. Sempre fico inquieto quando emos apresentação.

Aos poucos, o público foi chegando e se acomodando, até não sobrar sequer uma cadeira vazia. Essa seria minha maior obra. E talvez, a última...

O teatro estava lotado e todos esperavam ansiosos o começo do espetáculo.

Quando as cortinas se abriram, todos olhavam fascinados. Eu estava contente com minha obra, tudo estava esplêndido e a expressão facial do crítico local confirmava isso. Mas o melhor seria o final. O tão esperado último ato!

Carla estava deslumbrante como Rainha Aurora! A iluminação muda, a música começa, a peça inicia... Chega a hora do suspense, do grande final... A decisão da Rainha...

Então, ela pega um pequeno frasco com um líquido transparente, segura-o em suas mãos e olha para ele por segundos, que pareceu uma eternidade... como se estivesse com dúvidas... mas de repente, vira o frasco e bebe... Rapidamente, ela começa a cambalear e deita-se no chão levando o público à loucura. Todos aplaudiam de pé surpreendidos com a atuação de Carla. Sem fazer a mínima ideia do que realmente estava acontecendo. Bravo! Salve a Rainha Aurora!

As cortinas se fecham e eu me lembro de minha promessa. Eu não teria a audácia de descumpri-la

CONTOS PARA NÃO SE LER SOZINHO

dando-a um veneno falso...

*O arsênico foi chamado de "O Rei dos Venenos", por sua descrição e potência. Era muito usado como arma de assassinato. Este Rei dos Venenos tomou muitas vidas famosas. Napoleão Bonaparte, George lll de Inglaterra e Simon Bolivar.

LAÍS FERREIRA DE OLIVEIRA

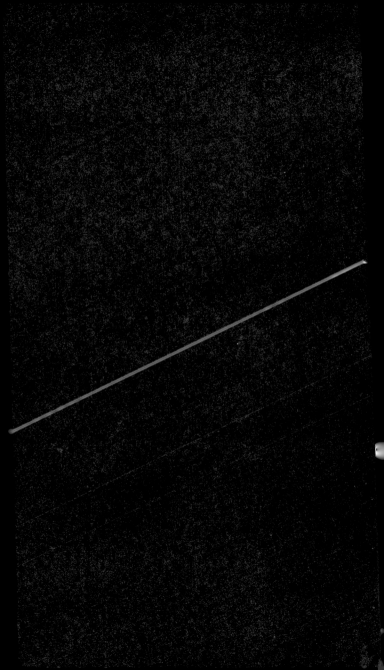

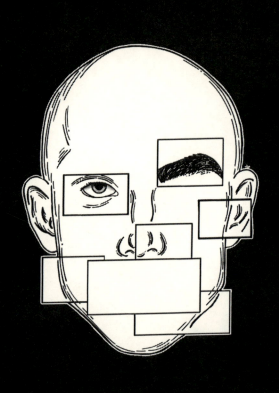

O RETRATO FALADO

Era apenas mais um dia normal de trabalho, lembro-me bem... A delegacia não estava tão agitada como de costume, o crime na cidade havia amenizado de uma hora para a outra, sem explicação nenhuma.

Ouvia-se na delegacia apenas toques de telefones e policiais conversando tranquilamente.

Estava mergulhado em meus pensamentos até Charles, meu colega, me interromper dizendo que havia um trabalho para mim.

Levanto-me rapidamente e vou para minha sala onde costumo fazer os retratos falados. Nela, estava um homem de estatura baixa, porém estranhamente forte, o que não combinava nada com o seu tamanho. Bem... Sua aparência não vem ao caso, agora.

— Preciso descrever o assassino de minha mulher! — ele dizia desesperado.

— Tudo bem, fique calmo. Você já fez o boletim de ocorrência? — ele concordou com a cabeça. Então peguei minha prancheta e meu lápis, me acomodei na cadeira e cravei meus olhos na folha em branco. Totalmente concentrado.

— Pode começar à descrevê-lo.

Ouvia ele respirar fundo... Eu não levantava os olhos para observá-lo.

— Ele... Ele tinha sobrancelhas grossas e um sorriso cruel em seu rosto, sua boca era pequena mas com aquele sorriso largo... Parecia que eu via quilômetros de dentes amarelados.

Meu desenho ganhava mais vida a cada detalhe contado pelo homem.

— Continue — eu dizia.

— Seus olhos pequenos eram castanhos e profundos, seu cabelo era ralo, mas ele não era calvo. Seu nariz era pequeno e redondo na ponta.

O retrato estava praticamente pronto, o que faltava era apenas um pequeno detalhe, porém, o mais difícil. Que seria desenhar o sorriso perverso descrito pelo homem.

Com um pouco de dificuldade eu havia conseguido, estava muito detalhado. Eu estava contente com o resultado. Sentia dentro de mim, que aquele homem era realmente o assassino e nenhum detalhe no desenho precisaria ser mudado.

Levantei minha prancheta para mostrá-la, porém fiquei hipnotizado por quilômetros de dentes amarelados à minha frente.

VIDA?

Precisava pensar em algo, para que esse eterno vazio em meu peito passasse logo. Comecei, então, a questionar todas as decisões da minha vida, e fiz disso minha rotina, meu vício. Pelo menos, com os porquês em minha cabeça, eu não precisava me preocupar com outras coisas.

Sempre fui uma mulher simples, de vida simples, sem sonhos, sem amarguras. Quando parei para pensar nisso, percebi como minha rotina era exaustiva e cansativa. Então, agora, todas as noites, eu me pergunto: "Eu estou vivendo?".

Não sei dizer. Eu nunca tive um brilho nos olhos que todas as mulheres tinham quando jovens. Eu nunca fui de sonhar, achava que sonhos eram para pessoas ricas. Também nunca tomei decisões precipitadas, isso era para gente irracional.

E se eu tivesse sido irracional? E se eu tivesse sonhado, seria diferente? E se eu beijasse Joaquim quando tive a chance, ao invés de correr para dentro de casa? Se ao menos eu declarasse meu amor pela Maria enquanto havia tempo... Amor que eu não entendia, e nem sequer queria entendê-lo. Porque para mim, paixões irracionais como de Maria, só me levariam para a cova, por conta dos meus familiares. E se eu me casasse com

Joaquim? Seria feliz? Teria filhos? Quantos? Não se dizer...

E se eu não tivesse feito o que fiz? O que seria de mim? Tenho vergonha de dizer, da decisão que tomei, a única decisão precipitada que tomei em minha vida. Talvez... Talvez, eu não estivesse assim, como eu estou. Mas então, estaria melhor ou pior?

São tantas perguntas... E nenhuma encontrarei aqui, em meu túmulo, em meu caixão.

O COVEIRO

Quero colocar tudo num papel, nesse papel, sujo de terra, pois eu acabei de chegar de meu trabalho. Preciso fazer isso enquanto minha memória está fresca. Não quero que minha mente me engane daqui a algum tempo quanto à esses acontecimentos recentes.

A melancolia que às vezes habitava em mim conseguia confundir alguns de meus pensamentos. E hoje é um dia triste; o que facilita a hospedagem dessa tristeza; dessa melancolia em mim, que faz com que minhas memórias virem borrões e que confundam meus pensamentos. Por isso eu escrevo, aqui, agora. Quero me lembrar nitidamente de todas as coisas que aconteceram sem que me confunda, quero memórias frescas. Tão frescas quanto o sangue de um animal morto recentemente.

Toda essa tristeza era por conta de meu querido amigo! Que falecera hoje de manhã. Ele era mulherengo e egocêntrico às vezes, mas era uma boa pessoa.

Ah! Como me lembro bem de como ele estava feliz hoje no trabalho. Antes de... Falecer.

Trabalhamos juntos há muito tempo no cemitério, é claro que nosso trabalho não é algo alegre, mas Charles sempre conseguia tirar a tensão do dia contando suas aventuras com mulheres...

Todos os dias, Charles me fazia adivinhar com que mulher ele havia dormido na noite anterior, mas ele só me revelava quem era no final do dia. Ele ia me dando dicas e eu tentava ao menos chutar alguns nomes conhecidos, arriscando alguns palpites dizendo: "É a Heloísa, filha do banqueiro?", mas, não importa o quanto eu tentasse, eu nunca conseguia adivinhar quem era a mulher da noite anterior.

E hoje cedo, ele veio até mim, com um sorriso de orelha à orelha.

"Estou vendo que alguém se deu bem ontem à noite. Quem foi a sortuda?" Eu disse. Ele me respondeu dizendo que não falaria assim tão fácil, mas eu já previa essa resposta.

"Então... Vamos começar com as dicas!". Me arrependo de ter dito aquilo, amargamente.

Ele pouco a pouco ia me dando dicas enquanto trabalhávamos. Todas as vezes que eu tentara dar alguns palpites, ele apenas dava alguns risinhos e negava com a cabeça. Quando Charles parava o trabalho para recuperar o fôlego (pois sua asma estava atacada e seu coração fraco contribuía para o cansaço e a falta de ar) ele também descrevia alguns traços da mulher.

Aos poucos fui ligando os pontos e fui percebendo o óbvio. "Ora, fale logo!" Eu queria que ele dissesse, queria ouvir as palavras saírem de sua boca, para que eu acreditasse que pelo menos uma vez eu havia conseguido acertar qual era a mulher da noite anterior. O momento que tanto esperei, acertar pelo menos uma única vez.

E então, ele disse. Lembro-me que meus pensamentos ficaram confusos naquele momento, e a partir daí não me lembro de muitas coisas. Tudo ficara confuso, era como se essa pequena memória, essa pequena parte do dia desaparecesse de minha mente, ficando apenas o breu, restando apenas alguns sentimentos de angústia e tristeza.

E eu escrevo, com a intenção de que esses acontecimentos fossem lembrados e refrescados em minha memória, para que eu achasse um fio solto, alguma imagem ou até mesmo algum sentimento que me remetesse ao momento do breu.

Lembro-me apenas, de duas palavras ditas antes de minhas memórias virarem borrões, mas elas não são suficientes para que eu me lembre dos acontecimentos seguintes.

Quero que essa pequena memória do dia volte para que eu não tome mais decisões precipitadas. Enquanto isso, eu espero. Espero que eu me lembre do que havia ocorrido no momento do breu, assim como espero que minha mulher volte do trabalho, com a certeza de que ela voltaria mais cedo para casa, mais cedo do que ontem.

    E com a incerteza de meus pensamentos, com as últimas palavras de meu amigo martelando em minha cabeça, com duas covas abertas em meu quintal e uma fechada, com apenas duas balas em meu revólver e com aquelas malditas palavras, aquelas duas últimas amaldiçoadas palavras em minha cabeça.

A VELHA

Eu a via em todos os lugares não importava onde, não importa como, ela sempre estava lá. Ela era uma velha, tinha as costas corcunda e os braços dobrados em frente ao peito. Seu cabelo era cacheado e parecia-se com o meu. Sua boca era retorcida para baixo, como se tivesse provado algo amargo. Seus olhos eram miúdos, ela sempre parecia sonolenta, mas o olhar que ela emanava era completamente diferente disso. Ela estava viva, e se você olhasse bem em seus olhos podia ver algo assustador. Parecia morta, porém ao mesmo tempo mais viva do que nunca, e, além de viva, parecia tenebrosa.

Essa maldita velha... Eu não sei seu nome, sua idade, de onde ela veio, sei apenas seu rosto, que me faz ter pesadelos e perturbava minhas noites, tirando meu sono. Essa velha — não digo velha de um jeito ofensivo, sempre deixei claro para todos que conheço, que respeito os idosos e não os acho uma escória — aparecia em todos os lugares em que eu estava. Lembro-me que sua primeira aparição foi quando eu completei seis anos, ela havia aparecido em minha festa de aniversário. Lembro-me como se estivesse acontecendo agora, ela me dando um pequeno embrulho e depois virando as costas e indo embora. Eu confesso que não havia entendido muito bem, mas a esqueci rapidamente e dei atenção para o presente que estava em minhas mãos. O desembrulhei com todo cuidado e quando vi que era apenas um pequeno espelho de bolso, deixei-o para lá. Isso não tinha valor algum para uma criança.

Depois desse acontecimento nunca mais parei de vê-la. Eu a encontrava nos mercados, na escola, nas festas, nos enterros, na faculdade e até mesmo em minha vizinhança. E não importa o quanto eu chorasse dizendo para minha mãe que havia uma velha me seguindo, ela apenas dizia "Isso é coisa de sua cabeça, para de inventar histórias!"

Aquilo me agonizava, a sensação de olhos vigilantes em minhas costas sempre estava lá, mesmo quando eu estava sozinha em meu quarto, eu conseguia sentir sua presença.

Diversas vezes, no meio da noite, eu acordava soluçando sem ao menos saber o porquê, e, quando isso acontecia, eu não dormia mais, pois eu sentia sua presença. Era como se ela estivesse do meu lado, me vigiando com seus olhos pequenos e fundos, mesmo não estando lá. Ela me assombrava de dia, aparecendo em meio à multidão, e de noite, aparecendo em meus sonhos.

Durante o decorrer de minha vida, tentei resolver esse problema. Tantas sessões ao psicólogo, tantos remédios tomados, tanto tempo perdido... Pois, não importa o que eu fazia, ela sempre estava lá.

LAÍS FERREIRA DE OLIVEIRA

E isso me causava problemas gigantes. Com o tempo fui desenvolvendo ansiedade e fobia de lugares com muitas pessoas. Sem contar o trauma que eu adquiri de espelhos, eu não conseguia vê-los sem lembrar dela, eu não conseguia sequer ver meu próprio reflexo, pois tinha medo dela aparecer atrás de mim. Aquela velha... Aquela detestável velha!

Mas conforme o tempo foi passando eu aprendi a lidar com minha rotina. Não quero dizer que me acostumei com a velha, pois ela nunca sumiu. Por isso, meus traumas nunca se foram, mas me acostumei a ter que tomar mais de cinco remédios, além dos dois para dormir, e a viver sem precisar de espelhos. Meu cabelo vivia bagunçado, mas eu não ligava, contanto que eu não visse a velha. Nada mais importava, essa era minha única preocupação.

Com a minha adaptação de rotina, eu conseguia viver um pouco melhor. Eu havia me casado com um homem que era calmo e atencioso. Eu nunca lhe contei sobre a velha, apenas que tinha medo de espelhos, ele não entendia muito bem, mas respeitava sem questionar.

Tivemos uma filha linda e saudável. Tenho muita sorte, pois os riscos eram grandes naquela gravidez. Já tentei engravidar diversas vezes, contudo sempre perdia o bebê por conta dos meus sustos que levava quando via aquela velha; além disso, existia a chance de eu morrer no parto, pois minha idade já não era mais adequada para ter um bebê, muito menos minha saúde.

Ela crescia e se tornava cada vez mais uma linda moça. Ah! Como eu a amava!

Fui preenchendo meu vazio com seu amor e aos poucos a vida se tornara mais colorida, eu não tinha tanto medo como antes. Eu, agora, conseguia dormir bem e me alimentar melhor.

Conforme minha filha crescia, eu notava o quanto ela era vaidosa, sempre andava bem arrumada, não importava para onde fosse. Alice sempre tinha um batom no bolso. Depois de moça, eu nunca a vi sem esmaltes na unha ou sem o cabelo arrumado.

Confesso que depois de um tempo a velha simplesmente desapareceu de minha vida. Os traumas também se foram junto com ela, o único que restava era o medo de espelhos.

Mas, eu me enganei pensando que ela havia sumido, porque aquela velha nunca sumiu por completo. Ela sempre esteve em meus pensamentos, assim como na minha vida.

Lembro-me de uma noite, entrar no quarto da Alice, para lhe perguntar algo, mas o que vi no quarto não era a minha linda moça, e sim, a velha! Com aqueles mesmos olhos sombrios que me recordava. A imagem era mais vívida e nítida do que nunca! Ela estava do mesmo jeito, igual à todas as vezes que eu a vi. Corcunda e tenebrosa.

Minha boca se retorceu ao vê-la, meu coração pulava no peito freneticamente, senti meu sangue fugir do rosto me deixando pálida. Eu estava muito assustada, mas não conseguia sequer gritar, tudo o que eu conseguia fazer era apenas observar meu reflexo em frente ao espelho e perceber que na verdade, eu conhecia a velha, sempre a conheci. Pois ela, era eu.

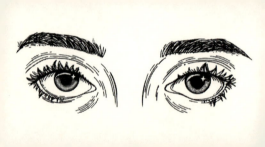

OLHOS NA RATOEIRA

Eu já passei por tantas coisas nessa vida! Já presenciei tantas histórias estranhas que envolvessem amores ingênuos, que se parecia com paixões de novela, mas que na verdade, por trás daquela máscara de flores, havia relacionamentos controladores, relações que beiravam a loucura, coisas que até hoje me intrigam, pois eu simplesmente não consigo entender como o ser humano consegue chegar à tal ponto.

Nunca vou me esquecer daquele relacionamento. Aquele onde eu presenciara e vira tudo acontecer com meus próprios olhos! Esse relacionamento foi o pior e mais traumático que eu já tive em toda minha vida. Tudo por culpa de um roedor estúpido! Um mísero e pequeno rato.

Lembro-me que éramos tão felizes, e de uma hora para outra, por conta de uma estupidez, nunca mais voltamos a nos falar.

Ah! Como eu a amava! Enchia-lhe de presentes caros e das mais singelas formas de amor, admirava sua beleza todos os dias, e sempre a recordava de como seus olhos eram lindos, azuis da cor do mar, olhos que eram só meus.

Eu a amava tanto, eu dizia. Sempre lembrando-a

que o meu amor por ela era o mais puro e verdadeiro amor, que fazia meu coração pulsar forte no peito e fazia minha alma estilhaçar.

Eu repetia em seus ouvidos "Você é minha, apenas minha! Você não terá olhos para ninguém além de mim."

Luísa sempre se arrepiava quando eu dizia aquilo, e ela me respondia sussurrando "Por você, eu mato e quase morro de amores". Aquilo me fazia delirar.

Nossa paixão sempre se renovava, pois eu nunca parava de lhe dar carícias ou presentes. Tínhamos nossas brigas exaustivas que às vezes resultavam em ameaças, mas tudo se resolvia com os mais caros presentes, e as mais bonitas desculpas, de minha parte. E eu sempre lhe perguntava "Você acha que precisa de mais presentes? Diga-me do que precisa e eu irei comprar".

"Me dê um rato", ela respondera. "Um rato? Por que não prefere outro animal? Eu lhe perguntara. E então ela respondeu: "Ora, porque sim! Cachorros são grandes e gatos são cruéis. Ratos são perfeitos! Se me ama, dê-me um rato."

Eu estranhei seu pedido, mas não deixei de fazer sua vontade. Eu comprara o rato, e quando lhe entreguei o tal presente, confesso que nunca a vira tão feliz.

Mas toda aquela felicidade se transformara em

paixão, e de paixão, foi para obsessão. Conforme o tempo passava, Luísa se apegava cada vez mais ao rato, me deixando de lado, o que me irritava profundamente. Não conversávamos mais, pois eu era frequentemente interrompido pelos ruídos chorosos que o rato fazia, e ela corria alimentá-lo. Não namorávamos, pois eu me sentia desconfortável de beijá-la com aqueles olhos miúdos me observando.

Aos poucos, ele foi engordando cada vez mais, por conta do cuidado dela.

Houve um dia em que Luísa não dera comida suficiente e ele simplesmente roeu as grades da gaiola, ficando solto pela casa e remoendo outras coisas: roupas, cadeiras, embalagens, almofadas, etc. E qual foi a reação dela? Luísa apenas jogou a gaiola fora alegando que o pequeno rato devia ser livre, pois aquela era sua casa.

Eu tentava, com todas as forças, ignorar suas manias loucas. Era difícil, eu confesso. Visitá-la e ver ração de rato por toda casa, vê-la usando roupas rasgadas, roupas que eu lhe dera e agora serviam apenas para o rato comê-la. Sem contar a sujeira — que cada vez mais aumentava.

As coisas que o roedor comia eram jogadas fora, e cada vez que eu a visitava, a casa estava cada vez mais vazia, e Luísa cada vez mais louca. Eu parei de lhe dar presentes, pois tudo que eu lhe dava, durava pouco, por conta da gula do pequeno e imundo rato.

Houve um momento em que fui visitá-la e fiquei impressionado com o que vi em sua casa. Não havia mais nada, apenas ela e o roedor. Tudo o que havia, era um copo de vidro que Luísa tomava água e um trapo que ela chamava de roupa.

Eu tentara muitas vezes alimentá-la, mas Luísa sempre me convencia que iria comer mais tarde comidas que eu lhe trouxera. Eu sabia que ela daria ao rato toda sua comida, porque quando eu a visitava, Luísa estava cada vez mais magra, e o rato, mais gordo.

Seus olhos eram a única parte de seu corpo que continuava a mesma. Dois glóbulos lindos, azuis; que pareciam com um pedaço do céu. Mas seu olhar, mudara. Eu sentia isso quando a via.

O estopim da separação, foi quando ele me mordeu, pois não havia nada para roer. Eu estava cansado, havia aguentado aquela loucura por muito tempo. Ele havia mordido minha mão e conseguiu roer uma de minhas camisas de linho.

Aquilo tinha sido a gota d'água. Eu o peguei com minhas mãos e apertei sua pequena garganta com toda a fúria. Luísa começara a gritar histericamente, defendeu o rato me arranhando e jogando o copo de vidro em minha cabeça... Brigamos e eu fui embora.

Passado uma semana desde o ocorrido, eu me

arrependera do que tinha feito. Pensei em pedir-lhe desculpas, mas algo me dizia que eu não devia entrar em sua casa nunca mais. Eu, tolo que era, fui. Por ela.

Lembro-me que o sentimento de vazio me invadiu quando estava perto de sua casa, mas algo me dizia para continuar, eu ainda a amava e estava disposto a perdoá-la.

Antes de entrar, me recordei de uma frase que eu sempre dizia a ela: "Você não terá olhos para ninguém além de mim!". Como eu fui bobo! Porque agora, ela só tem olhos para o rato. Aquilo me indignava e me assustava. O culpado era eu! Apenas eu! E isso martela em minha mente até hoje.

Talvez eu nunca esqueça. Eu adentrando em sua casa, vendo-a nua; estirada ao chão, com marcas de pequenas mordidas por todo seu corpo. E sem o que havia de mais bonito em seu rosto. Os olhos.

AS GÊMEAS

A manhã era fria, monótona, com aquele vento constante, que baixinho, cantava sua música sem qualquer melodia, sem qualquer esperança. Eu não estava tão bonita como antes. Minha boca estava seca, minhas olheiras estavam enormes e azuis. Não dormira a noite anterior, pensando em tudo o que eu iria dizer, e em todas as possibilidades de perguntas. Eu diria a verdade.

Ao entrar na delegacia, disse que precisava dar um depoimento sobre um assassinato. No qual, eu era cúmplice. Os policiais me atenderam rapidamente. Respiro fundo, eu havia treinado ontem tudo o que eu iria falar.

— Antes de tudo, quero esclarecer que não sei dizer onde está o corpo, sei apenas quem matou e porquê.

— Continue — o policial diz.

— Eu tenho uma irmã gêmea e somos idênticas. Ela tinha uma namorada, por quem eu era perdidamente apaixonada. Seu nome era Heloísa... Começamos a sair juntas e eu descobri que Heloísa também estava apaixonada por mim. Então, fizemos um plano, ficaríamos juntas, sem que minha irmã gêmea descobrisse e o plano deu certo. Andávamos de mãos dadas na frente de todos e ninguém desconfiava, pois como disse, eu e minha irmã somos idênticas.

— E onde encontra-se sua irmã? — o policial pergunta.

— Eu não sei! Ela me ligou dizendo o que fez e que nunca mais eu tornaria a vê-la... Então tomei a decisão de vir fazer o que é certo, pois quero encontrar o corpo da minha amada, e enterrá-lo com dignidade. — Digo, chorosa.

— Você fez o que era certo, continue com a história...

— Enfim... Ficamos mais de cinco anos juntas sem que minha irmã descobrisse, ela veio a descobrir essa semana, pois Heloísa terminou com ela e lhe contara tudo. Seu plano era terminar com minha irmã gêmea para que pudéssemos finalmente ter nossa vida; morar juntas, casar... E isso é tudo que sei, a última vez que a vi... Foi nessa sexta — disse com lágrimas nos olhos. — Por favor, tudo que peço é que prendam-na e me ajudem a achar o corpo de minha amada.

— Faremos tudo o que for possível, fique tranquila... Vamos conseguir achar sua irmã.

— Há algo que eu possa fazer para ajudá-los? — seco minhas lágrimas com a manga da minha blusa para que não borre minha maquiagem.

Observo a feição pensativa do policial.

— Sim... Você diz que sua irmã é idêntica a você, mas suas digitais são diferentes das dela. Forneça suas digitais para nós, caso pegarmos ela. Perceberemos as diferenças pelas digitais.

— Tudo bem...

Estava voltando para casa com uma pequena sensação de alívio. Pois eu acabara de culpar minha irmã... Por um assassinato que ela não era a culpada. Eu matei Heloísa! Mas minha irmã foi quem roubou Heloísa de mim, e agora eu fiz o mesmo matando-a.

Estava voltando para casa com uma sensação de alívio em meu peito. Consegui tirar um assassinato de minhas costas, culpar minha irmã e roubar o álibi dela. Eu matei Heloísa! Mas isso não teria acontecido se minha irmã gêmea não tivesse roubado ela de mim. Agora nenhuma de nós terá ela para si. Heloísa ficará presa à terra, presa à morte. E minha irmã: presa por um crime que não cometeu!

A TRAPAÇA

Antenor era um homem espertalhão e trapaceiro. Adorava passar a perna de todas as formas em pessoas inocentes. Ganhava a vida assim, trapaceando. Vivia de apostas, e sempre que apostava, ganhava com sua astúcia, alegava ele. Nunca com seus truques sujos, apenas com sua inteligência

Antenor gostava da vida que levava, sua vida era boa. Tinha uma boa casa, umas boas cabeças de gado que o permitiria viver bem por muito tempo. Não havia ninguém em sua cidade que não o conhecesse por sua fama. Muitos evitavam passar por seu caminho, outros arriscavam, mas voltavam arrependidos dizendo que toda sua riqueza foi roubada pelo "rei da trapaça" e ele negava dizendo: "Nossa aposta foi limpa, não venha me culpar pela sua má sorte!"

Ele não negava que gostava desse tal apelido, Antenor vivia dizendo pelos cantos da cidade: "Nem o Diabo ousa mexer comigo. Nem o Diabo!".

Certa vez, em um dia qualquer, Antenor encontrava-se entediado, sem ninguém para apostar, pois, todos o conheciam e sabiam de suas tramas; pensava em mudar de cidade, aquela cidadezinha o estava irritando, não havia a menor graça ficar ali, sentado. Sem ninguém para passar a perna.

CONTOS PARA NÃO SE LER SOZINHO

Antenor estava quase cochilando em sua rede, quando viu ao longe um homem alto adentrando em sua terra.

Ele levantou a cabeça para observá-lo melhor, encarou-o, estranhando. Nunca havia visto aquele homem, mas sentia que o conhecia de algum lugar. O homem era alto e usava um terno inteiramente preto, que impressionava quem via, considerando o calor, porém parecia que ele já era acostumado com tal temperatura; andava rápido, contudo, era notório que ele não parecia com pressa, e pisava com força fazendo a poeira levantar por onde passava. "Deve ser da cidade grande" Antenor pensara.

Quando o homenzarrão estava perto de sua casa, perto o suficiente para ouvir a voz de Antenor, ele perguntou:

— Quem você é? E o que quer aqui?

— Eu sou o rei da trapaça, sou o Diabo — o tal Diabo disse com firmeza.

— Você veio até aqui para zombar da minha cara? — Antenor perguntara rindo. — Ora, que audácia!

— Vim aqui, pessoalmente, para te desafiar, sei que está sujeito a apostas e trapaças.

Antenor, ao perceber com quem realmente estava falando, assustou-se. Seu coração errou uma batida e suas pernas bambearam. Ele estava com certo receio, mas sua felicidade era maior que tudo. O Diabo viera até ele, em carne e osso, para o desafiar! Isso que era honra!

Abriu um sorriso de orelha a orelha, então perguntou qual era sua proposta.

O Diabo respondeu sem entusiasmo, porém com um estranho sorriso, que não esboçava felicidade, mas sim perversão.

— Ouvi dizer que você é conhecido como rei da trapaça.

Antenor jura que viu fumaça sair de sua boca e ouviu pequenos gritos saírem de sua goela enquanto ele falava. Talvez fosse o sol quente que o atordoava e o fazia imaginar coisas.

— Sim... — respondeu com um sorriso em seu rosto. Vangloriando-se de sua fama para o homem-Diabo.

— Antes, eu era o rei da trapaça, agora você está tomando meu lugar. Vim aqui, para desafiar-te e ver se é realmente digno de tal cargo — o Diabo disse sem pressa, sem esboçar emoções tristes ou felizes. Apenas com aquele olhar perturbador de perversão e superioridade.

Eram tantas opções... Dinheiro! Não... Não lhe faltava dinheiro. Comida! Mulheres! Fama! Também não... Nada era suficiente. Antenor queria algo grande...

Como...

— Vida eterna! — disse ele.

— Então está feito. Te darei vida eterna; você tem até amanhã para conseguir ganhar.

Ao dizer isso, o Diabo estende sua mão para que Antenor aperte, e ao apertar, ele sentiu que o que estava feito, estava feito, e não havia mais volta.

Após isso, o homem-Diabo desapareceu mais rápido do que quando havia surgido.

Antenor, ficou a pensar como faria sua maior trapaça, em quem daria o golpe, e como o faria. Deveria ser algo grandioso, que fosse digno! Milhares de ideias passaram por sua cabeça, nenhuma era boa o suficiente... E então... Uma ideia lhe pareceu suficiente. E ele ganharia, estava apostando nela.

*

Já era noite, o prazo acabara. Antenor sabia disso; então, ele esperava, fumando seu cigarro de palha e tomando grandes goles de cachaça. Como se em cada gole viesse junto um punhado de coragem, considerando o momento, coragem e cachaça eram realmente necessários.

Via de longe com a luz fraca da Lua, seu adversário se aproximando, o mesmo estava com um terno escarlate; seus passos eram rápidos. E a cada passo que o Diabo dava, Antenor sentia seu sangue pulsar.

Quando percebeu, o homem já estava em sua frente, com aquele mesmo sorriso perverso e aqueles dentes que mais pareciam as grades da entrada do inferno.

— E então... O que me espera?

— Enganei a um anjo! — Antenor se vangloriou — Clamei aos céus para que um anjo viesse ao meu encontro, e então, ele veio. Supliquei ao anjo dizendo que me deixasse viver por mais um único dia, pois sentia que iria morrer por conta de minha doença rara e tudo o que mais queria era ver meu único filho nascer.

— Continue — disse o Diabo.

— Anjos são puros e eu consegui enganá-los, pois o mesmo anjo prometera que iria conversar com a morte. E então... Ele voltou, dizendo haver conseguido mais alguns dias de vida para mim. Não enganei apenas um anjo, um ser celestial, enganei também a morte. Consegui mais dias de vida, sem ao menos precisar deles. Pois, sei que terei a vida eterna.

O Diabo com seu sorriso malicioso o encarou e estendeu sua mão para o Antenor. Nela continha uma minúscula coroa. Ela tinha pequenas pedras em rubi e apesar de pequena, chamava muita atenção de quem quer que olhasse.

— Achava merecer algo maior — Antenor diz

tentando pegá-la da mão do diabo.

O mesmo encolhe a mão rapidamente, deixando Antenor perplexo.

— Confesso que me impressionou um ser humano conseguir enganar um anjo e a morte, mas vou lhe explicar algo: Você foi tolo ao acreditar que eu, o Diabo, posso lhe dar a vida eterna. Então, eu o trapaceei fazendo-o acreditar. Não terá vida eterna e não morrerá hoje, que sendo sincero, estava em meus planos te matar. Mas já que conseguiu alguns dias de vida, virei te buscar em breve.

Antenor sentia a fúria em todo seu corpo, sentia-se enganado e roubado, e não podia fazer nada quanto a isso. Queria matá-lo, mas sabia que isso era impossível. Queria morrer, mas não queria viver no inferno para sempre, pagando pelos seus muitos pecados. Então, só lhe restou uma coisa a se fazer.

— Você... Pode pelo menos, cumprir com uma parte do contrato? Quero minha coroa de príncipe da trapaça!

— Ah, mas é claro!

O homem-Diabo estralou os dedos e ao fazer isso dois chifres horrendos cresceram na cabeça de Antenor, ele nunca sentira tanta dor em sua vida. Era um castigo, tinha certeza disso.

— Não posso te dar a vida eterna como ser

humano, mas te darei como demônio. Você viverá para sempre! Como o demônio da trapaça!

O Diabo abriu seu sorriso perverso e gargalhou fazendo estremecer à terra, segundos depois, ele desaparece...

E o demônio da trapaça também desaparece com seu rei; alguns dizem que ele se encontra na Terra, vagando pelos cantos sem rumo... Sussurrando nos ouvidos de viciados de jogos, trazendo desgraça e azar para quem quer que escute seus conselhos. Outros dizem que o príncipe da trapaça manipula jogadores. E ele não para enquanto não ver a pessoa resumida ao pó.

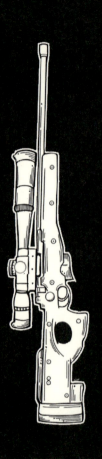

O SOLDADO

O soldado Daniel sabia o que tinha que fazer. Sabia como, porquê, e quando. Ele tinha estudado todas as possibilidades por horas a fio, acompanhando a rotina do seu inimigo de perto por mais de meses para que tudo saísse absolutamente impecável, pesando na balança todas as probabilidades de seu plano falhar e eliminando-as uma à uma, tornando seu projeto sem erros, como uma matemática exata.

Seu plano de executar o ditador Otelo — o mesmo que ameaçava a democracia do seu país — precisava ser executado com maestria. Ele não podia se dar ao luxo de errar, de atrasar seu tiro nem por um milésimo de segundo sequer. Um país inteiro dependia dele e de seu projeto. O soldado não aguentava ver sua nação que tanto amava transformando-se em ruinas e pó nas mãos desse ditador que assumira o poder com um golpe de estado, e ninguém fizera nada para se defender. Uns por medo e outros cegos por uma idolatria mortal. Então Daniel precisava fazer algo, mesmo que fosse preciso acabar com sua vida, ele não se importava. Apenas pensava que daqui alguns anos seria retratado com herói nos livros de história. O homem que sacrificou sua vida pelo seu povo que tanto prezava.

Conseguia imaginar perfeitamente estátuas

sendo erguidas em sua homenagem, seu povo, seus irmãos de pátria lembrando-se todos os anos no mesmo dia de hoje seu sacrifício. Daniel se orgulhava de si em pensar que nos próximos anos todos os 24 de maio seriam feriados, as pessoas iriam descansar e relembrar sua história.

E enquanto isso não acontecia, só lhe restava esperar por detrás de algumas árvores naquele chão arenoso que fazia doer seu corpo por conta dos muitos pedregulhos que havia ali, observando a casa de campo do seu inimigo do alto de uma pequena montanha pronto para qualquer incidente. Com sua *Sniper* AWP e com a esperança de que dias melhores viriam, esperando a chegada do seu alvo, e vendo em seu relógio de pulso os minutos transcorrerem mais rápidos do que o tiro que seu adversário receberia dentro de poucos instantes.

E ao ver o elegante carro de passeio do ditador Otelo aparecer, o soldado estremeceu, soube o que tinha que fazer. Daniel tinha dez segundos para controlar sua respiração, cinco segundos para manter a calma, esperando seu alvo abaixar o vidro da janela do banco de trás, assim como ele já fizera diversas vezes quando vinha visitar sua casa para descansar, e em todas as vezes o soldado Daniel estava lá, sem cessar, observando-o sempre, anotando seus costumes e manias.

Então o soldado teria dois segundos para mirar no seu inimigo assim que ele colocasse levemente a cabeça na janela para se deliciar com o ar fresco do campo. E um segundo para engatilhar e atirar sem pestanejar por sequer um milésimo de um instante.

Ele contava os segundos pacientemente com a orientação de seu fiel relógio... Observando o tempo certo de atacar assim como um leopardo aguarda antes de agarrar sua presa.

No exato momento em que viu de longe aquele uniforme escarlate e o cabelo ruivo, características físicas de seu oponente, engatilhou e atirou sem hesitar.

O tiro chicoteou alto por todo o ambiente, fazendo pássaros voarem nervosos, afastando a vida daquele lugar. Foi um disparo preciso, que mesmo de longe era possível ver o estrago que sua *Sniper* tinha feito em seu inimigo. Seu elegante uniforme estava empapado de sangue, assim como o interior do carro. Ele estava morto! Ondas de felicidade transbordavam dentro de Daniel, o futuro seria melhor!

É uma pena que apenas o soldado não poderia ver todas as mudanças que ocorrerão daqui para frente, pois Daniel sabia que no momento que engatilhara sua arma, seu futuro estava condenado. Seria procurado como um criminoso sujo, e caso o pegassem, iam torturá-lo até os últimos segundos de sua vida.

Daniel compreendia o que precisava ser feito. Não buscava pensar no que lhe esperava depois da morte, encarava seu fim como uma outra missão, outra que também não poderia falhar.

Enquanto amarrava a corda que trouxera em uma grande árvore próxima, ele não refletia sobre seu futuro, mas sim no de seu povo, que seria melhor daqui em diante, era o que esperava.

O soldado pensava em suas últimas palavras que seriam ditas apenas para si mesmo, seus últimos pensamentos...

Em nenhum momento ele tinha perdido a esperança, e então, com a corda já colocada em seu pescoço disse:

– Eu fiz o que foi necessário.

Toda sua vida se esvai de seu corpo rapidamente. Assim como aconteceu segundos antes com o irmão gêmeo do ditador Otelo, que nada tinha a ver com a guerra ou com o golpe de estado, ele estava ali apenas para passeio, e fora morto no lugar de seu irmão, por uma simples coincidência do destino. Por um acaso.

E o soldado que tinha calculado todas as possibilidades de seu plano dar errado, anulando todas as divergências de seu projeto, tinha se esquecido de um simples detalhe. Não há como evitar o acaso, não há como se desviar do destino.

ENRASCADA

Eu estava cuidando de algumas papeladas. Ser um policial escrivão podia parecer fácil, mas enfrentávamos diversos desafios e problemas como em qualquer outra profissão. Alguns podiam pensar que se baseava apenas em datilografar palavras que os outros diziam, mas houve inúmeros casos horripilantes que acompanhei de perto e outros que como diz o ditado, "seriam cômicos se não fossem trágicos."

Houve uma vez em que estávamos recolhendo informações sobre um caso e interrogando testemunhas. Faltava apenas, interrogar uma mulher. E por incrível que pareça, nunca mais conseguimos encontrá-la, diversos policiais foram a sua procura, bateram na sua porta, mas ela nunca se encontrava lá.

Alguns desistiram e colocaram o caso na gaveta, não podíamos fazer nada sem o testemunho daquela mulher.

Lembro-me que depois de meses ela apareceu, o que intrigou a muitos na delegacia. Por que havia surgido agora? A mulher aparentava estar assustada. O que acontecera com ela que parecia levar a vida tão simples e ser tão humilde? O que a assustava? Eu preparei-me para ouvi-la na sala de interrogatório e anotar tudo o que ela dissesse. O meu amigo Raul disse:

— E então, finalmente veio fazer o que é certo, e nos ajudar no caso do... — Antes que comece a fazer perguntas, deixe-me dizer tudo que sei... — Raul concordou um pouco irritado, ele odiava ser um interrompido.

— Há 5 anos...

Lembro bem a perplexidade no rosto de Raul, eu também tivera a mesma reação. O que houve no passado que estava ligado com o nosso caso?

— Eu matei o meu marido... — E então a mulher desabou em lágrimas. — Mas juro que foi para me defender! Ele ameaçava-me e mentia. E então, cansada das suas mentiras... O matei.

Eu e meu amigo ficamos chocados, a mulher seria presa, mas não esperávamos tal depoimento.

— Senhora... — ele diz — estávamos procurando você apenas para algumas informações de um acidente de carro.

E então ela percebera que havia entrado numa enrascada, e não havia como sair dela.

AS FLORES

Ele amava cada pedaço de seu jardim e por ele também era amado. Charles crescera acompanhando de perto suas flores e folhas desabrocharem em vívidas e diferentes cores por toda sua vida, dedicando sempre a elas toda sua atenção e amor. Adubando e regando suas bromélias, suas tulipas, suas rosas e suas orquídeas com todo carinho. Elas agradeciam de modo silencioso, fornecendo para Charles os melhores dos aromas e o prazer da admiração.

Desde criança era assim, crescera com elas e já vira diversas de suas amigas morrerem, e nesses dias ele não deixava de sentir tamanha solidão em seu peito, assim como as flores que também sentiam, pois em dias tristes, Charles percebia que elas ficavam murchas de uma hora para outra, e só depois de semanas de zelo e cuidado, voltavam a ter suas pétalas vibrantes.

Desde criança tinha essa paixão por flores. Paixão, essa, que foi incentivada pela mãe que sempre tentou mostrar-lhe a poesia nas pequenas coisas bonitas da vida. Mesmo em suas piores horas. Como nas vezes em que Charles se encontrava fraco em sua cama. Por ser uma criança muito doente, era comum os dias em que ele não tinha forças para se levantar, então da janela de seu quarto ficava admirando suas amigas, que sempre estavam fazendo-lhe companhia, não importava o momento.

Estiveram em sua infância, quando Charles por ter sido uma criança muito doente não tinha a companhia de amigos para brincar, muito menos energia para tal coisa. Lembrava-se bem de sua adolescência melancólica e como era triste estar sozinho toda a parte do tempo, não tinha colegas e muito menos namoradas para recitar seus pequenos poemas, então lia para suas companheiras: as flores. O que lhe restava apenas, era o doce acalento de suas amigas, que estavam lá por ele.

O homem e seu quintal eram como um só, estavam de certa forma conectados, como se aquele jardim fosse um pequeno pedaço de si, de sua alma. Ele e as flores haviam criado um vínculo muito grande, que ninguém jamais poderia corromper...

Até Alice aparecer em sua vida.

Charles a conhecera indo para o médico, pois assim como ele, sua saúde era instável e era necessário diversos remédios para que ela tivesse uma vida normal, e bastava uma olhadela em volta de seu corpo para perceber o quão doente ela era. Seu corpo era branco como algodão e amarelento, sempre tendo um aspecto de doença, e em seu rosto predominavam suas olheiras lilás como tulipas. A face da anemia estava em todo seu corpo e em seu ser.

Mas quanto mais Charles a conhecia, mais se apaixonava pela dona daquele par de olhos azuis escuros e cinzentos. Conforme o tempo foi passando, ele foi deixando os pequenos cuidados, que antes eram tão cruciais para com o seu quintal, de lado. Agora dedicava toda sua atenção à Alice, zelava por ela e sempre a surpreendia todos os dias.

E seu jardim que antes continham as mais diversas cores foi escurecendo e apodrecendo, ficando cinza e mórbido. Elas precisavam de Charles, e sabiam que o mesmo também precisaria delas, pois caso Alice quebrasse seu coração, seria seu pequeno quintal que iria ouvir suas lamúrias e acalentá-lo com seu silêncio acolhedor.

E Charles, que antes era saudável, foi adoecendo aos poucos, ficando cinza e doente como seu quintal. E nada que fazia adiantava, não importava quantas idas ao médico e quantos remédios foram prescritos, sua situação nunca melhorava. Ele apenas ficava cada vez mais anêmico e febril.

E Alice tentara fazer de tudo para que ele melhorasse, devolvendo em dobro toda atenção que Charles sempre a dera. Porém nada que fazia ajudava, pelo contrário. Nos dias que Alice não o visitava, ele sentia-se um pouco melhor e até conseguia dedicar um pouco de sua energia com muito esforço para suas antigas amigas. Ele sentia em seu âmago que iria melhorar e voltar a ser como antes, e sempre quando isso lhe ocorria, ligava para sua namorada dando-lhe as boas notícias, e a mesma corria em seu encontro com a felicidade a contagiando. Mas bastava Alice se aproximar de Charles que automaticamente ele piorava o dobro, se queixando sempre de dores em toda sua cabeça, como se alguma doença estivesse se instalando nele, criando raízes.

Ele piorou tanto em tão pouco tempo que depois de uma semana não era possível permanecer em pé. Agora mais do que nunca dependia de Alice para tudo, lembrando muito seus momentos de infância, quando também era dependente de sua mãe até para a mais simples atividade, e quanto mais carinho era dado por sua mãe, mais Charles piorava, assim como agora.

Diversos médicos o examinaram e nenhuma doença foi encontrada, o que era contraditório, pois não era o que seu corpo amarelento e cinza dizia.

E Charles que as vezes olhava para seu quintal da janela de seu quarto percebeu como estavam tão parecidos, não eram os mesmos, agora ele e suas flores estavam adoecidos, podres por dentro.

Dores em sua cabeça tornaram-se constantes, assim como o sentimento de raiva se tornou constante em seu coração, e sua alma não era alegre e radiante como antes, pois sentia cada dia mais raiva de todas as decisões que havia tomado na vida. Por que não se arriscou mais? Se tivesse feito tal coisa teria conhecido Alice mais cedo? Teria aproveitado mais? Charles sentia ódio por não poder ter vivido mais tempo com sua futura esposa, e sentia seu sangue ferver em seu corpo por ter se dedicado tanto tempo às flores, percebia que havia desperdiçado sua vida inteira com seu maldito jardim. Estava vendo sua vida escorrer pelos seus dedos e nada podia fazer. E a sensação de impotência o rasgava por dentro. Seus pensamentos o corroíam, Charles estava regando pensamentos ruins, plantando sementes amargas em seu coração.

E num momento de lucidez arrancou uma rosa de seu jardim, destruindo-a por puro impulso. E a rosa que de nada tinha culpa, havia espetado seu dedo atacando-o, devolvendo a dor que Charles a havia causado. E aquilo tinha sido a gota d'água para ele, uma pequenina gota de sangue foi o suficiente para que ele derramasse em sem quintal todo o rancor que sentia em seu peito, destruindo suas flores mais belas e todo seu lindo jardim, deixando apenas o que lhe restou delas no chão de terra irregular. Destruindo seu quintal que tanto prezava, ou pelo menos prezou algum dia.

Estava trêmulo, melancólico, pois nunca havia amado com tanto fervor e agora que estava aprendendo a amar e ser amado, estava adoecendo.

Charles sentia-se cansado, ele matara suas fiéis amigas e nunca se esqueceria disso, pois ele as abandonou e traiu-as, matando cada uma delas, e as mesmas nada fizeram para receber tal tratamento, e isso as irritava.

Ele sem aguentar mais tantas dores em seu corpo, que agora estavam mais fortes do que nunca, gastou a última gota de energia para ir se deitar e esperar por um novo amanhã, com a esperança de que veria Alice pela janela de seu quarto de manhã cedo como era comum. Era tudo que desejava, vê-la e admirá-la enquanto sua namorada passava pelo seu jardim e adentrava em sua casa.

E a noite se passou tão rápida que Charles mal notara que dormira, fora uma noite sem sonhos, se sentia bem. Talvez houvesse sido o sono que lhe dera energia, pois ao olhar para o relógio percebeu que tinha acordado mais tarde do que era comum. Ele levantou e se espreguiçou com calma, sentindo o calor do sol em seu corpo que adentrava pela sua janela, se sentia melhor, e isso acontecera magicamente, como se houvesse renascido.

Fora ao encontro de sua janela para ver se sua doce Alice estaria lá, esperando-o jogar a chave da porta para que ela pudesse entrar, e ela realmente estava, mas não como Charles previa.

Todas suas flores também estavam em seu jardim, magicamente vivas, suas tulipas estavam tão chamativas e vibrantes como as olheiras de Alice, suas flores de cravo estavam mais amarelas que nunca, remetendo a Charles a pele anêmica de Alice, as rosas estavam num escarlate vívido, parecendo-se muito com o sangue.

LAÍS FERREIRA DE OLIVEIRA

E Alice estava lá, estava em seu jardim, com raízes espinhosas machucando todo o redor de seu pescoço, estava pendurada por cipós e ramos espinhentos próxima de uma árvore do jardim de Charles, cercada por todos os tipos de flores, constituindo o mais bonito e o mais trágico dos velórios, Alice estava morta e seu quintal juntamente com todas as ramas de flores a haviam matado.

Charles percebera então que as flores, aquelas que ele mesmo matara com suas próprias mãos, estavam se vingando dele, matando a coisa que ele amara mais do que tudo, que amara mais do que amou seu jardim: Alice.

DEMÔNIOS ENCAIXOTADOS

Rostos cadavéricos vinham na direção do homem. Ele tentava, sem sucesso, passar entre os corpos sem esbarrar em um ombro ou mesmo tropeçar, porém isso parecia impossível, tudo era um borrão.

O pôr do Sol sumira rapidamente, levando toda a luz junto com ele.

O céu estava escuro, mais escuro do que o comum, o homem notara. A rua, iluminada apenas por postes de luz, não transmitia segurança, alguns postes quase não funcionavam, a lua não aparecera e havia poucas estrelas.

Tudo era um borrão para o homem; os rostos, a luz, o céu, as memórias. Por quanto tempo estava vagando? Não sabia, já virou rotina ele vagar quase todas as tardes mentindo para sua mulher, mentindo para si mesmo.

Ele voltava para casa, chutando pedrinhas no caminho. A rua calma, silenciosa, diferente de sua cabeça, barulhenta.

O silêncio o perturbava, com ele as vozes em sua cabeça gritavam, cada vez mais alto, rompendo a quietude.

O homem estava em frente à sua casa, com a chave pendurada em sua mão. Ele encarou a porta por um segundo como se decidisse se queria realmente entrar ali ou não. Algo dizia para ele ir embora, sair dali imediatamente. Sentia isso, como se fosse um aviso. Porém, ignorou-o achando que era coisa de sua cabeça.

Ao entrar em casa, ele se depara com sua mulher; sentada no sofá, com as pernas cruzadas e as mãos nos joelhos, sua expressão transmitia calmaria, mas ele a conhecia, sabia que por dentro ela não aguentava mais tudo isso.

— Chegou cedo — ela disse.

Ele a observava arrumar sua saia florida sem parar, sua mulher tentava parecer distraída evitando contato visual, não queria olhar para o homem, pois ele saberia. Provavelmente fingiria que não, mas saberia. Tornando tudo mais difícil.

— Como foi lá hoje? — a mulher perguntara.

— Foi... Bem. Ele disse que eu estou melhorando.

— Você precisa...

Por um momento, o homem percebe a repugnância no olhar de sua mulher. Ela, ao perceber que seu marido estava a encarando, muda sua feição rapidamente e completa a frase encarando sua caixinha de joias, presente dado pelo seu esposo no começo do namoro. Época em que os dois eram próximos, em que eles se chamavam pelos nomes, e se olhavam nos olhos.

— Tentar mais!

— Não é tão fácil quanto parece — ele dizia sério.

A mesma frase dita todas as noites, a mulher já estava se irritando com tudo aquilo.

— Você precisa aprender a controlar... Você. Quantas vezes eu já não te disse? Encare seus demônios e os coloque dentro de uma... Uma...

Ela olha rapidamente e lança um olhar para sua caixinha de joias. A mulher respira fundo, pois percebe que havia aumentado o tom de voz e diz calmamente:

— Caixa.

— Caixa! — ele responde bufando irritado,

O homem se senta no sofá e instantaneamente a mulher levanta, evitando qualquer tipo de contato.

— Bem... Eu... Vou a feira, você quer algo de lá?

— Não, mulher. Obrigado — ele diz tirando um cigarro do bolso.

Ela torce o nariz quando ele acende seu cigarro barato. Odiava seu vício, odiava como ele empesteava a casa com o cheiro da fumaça; porém nunca reclamara ao homem, que também nunca se perguntou se isso incomodava-a. Talvez ele soubesse que isso a aborrecia, e fazia do mesmo jeito, por birra. Assim como ela fazia com ele, em outros casos... Por pura birra.

Já irritada, dá as costas ao homem e abre a porta em direção à rua.

— Mulher! — ele diz.

— Diga.

Olhando para a caixinha de joias em cima da pequena mesa o homem dá um suspiro e diz:

— Vá.

Ela, intrigada o olha pela última vez antes de ir embora com a feição de dúvida em seu rosto. O que diabos ele queria?

O homem, olhando para o vazio se perguntava o mesmo. "O que diabos eu queria?".

Ele deu um último trago em seu cigarro, pensativo. Por que havia chamado por sua mulher? O jeito que dissera... Era com uma voz quase que súplica, pedindo para ficar, como um pedido de socorro.

Mil pensamentos iam e vinham, nada parecia sólido.

Ele respira fundo e decide terminar sua reforma no porão, ficar parado pensando em coisas não o ajudaria em nada.

O homem coloca seu dinheiro, que deveria ter sido gasto com a sua terapia em cima da mesa, a rapidamente lança um olhar para a caixinha de joias.

— Caixa! — diz com ironia.

Se levantando, a voz de sua mulher surge novamente martelando em sua cabeça: "Encare seus demônios e os coloque dentro de uma caixa!".

Como se aquilo fosse fácil, pensava. Como se já não soubesse o que tinha que fazer...

Ele vai para o porão e começa a preparar a massa, prometera para a esposa que terminaria essa pequena reforma na semana anterior, e desde que descumprira o prazo ela o cobrava todos os dias.

O homem preparava a massa e separava os tijolos rapidamente, querendo acabar logo com isso. Empilhava os tijolos num canto até perceber que a quantidade bastava para acabar com essa bagunça.

O homem trabalhava e se distraía um pouco, porém, não deixava de fazer seu trabalho com precisão.

O curto diálogo que tivera com sua mulher, ainda estava em sua cabeça, as palavras que ela havia dito não saiam de sua mente. "Ora! O que havia dado nela?".

— Que diabo de mulher! Quem ela pensa que é? Colocar meus demônios numa caixa! Quanta bobagem!

CONTOS PARA NÃO SE LER SOZINHO

— balbuciava bravo enquanto trabalhava.

Aquilo o irritava, como se fosse fácil, prender seus demônios numa caixa!

O homem reclamava, porém não parava sequer um segundo, seu modo automático o impressionava. Ele era rápido, erguendo paredes em segundos.

Quando havia finalmente acabado, respirou fundo com um certo alívio, finalmente fizera o que a mulher havia pedido e cobrado durante semanas, seu dever foi cumprido, e pela primeira vez em semanas sentiu um pouco de felicidade.

Ele acende seu cigarro e fuma três, talvez quatro ou mais em seguida. Sentado no chão, dava demorados tragos em seu cigarro, demorados o suficiente para que a massa secasse. O homem aproveitava a sensação de alívio, misturado com o cansaço que estava em seu corpo. "Minha mulher ficará orgulhosa de mim! Fiz o que ela pedira em apenas um dia!", pensava.

O homem respira fundo e se levanta. Pronto para voltar a sua vida monótona. Mas, quando percebeu o que havia feito, era tarde demais.

Não havia volta, não havia para onde fugir. Porque agora, ele estava preso. Rodeado por muros de tijolos. Preso com seus próprios pensamentos, encaixotado com seus demônios.

LAÍS FERREIRA DE OLIVEIRA

AGRADECIMENTOS

Agradeço primeiramente a Deus que esteve comigo em todos os momentos, desde os mais simples aos mais difíceis, me dando forças para continuar e não desistir de meus sonhos.

Sou grata também as minhas professoras de língua portuguesa Kátia e Alanna que me incentivaram, e que me ajudaram a descobrir meu potencial na escrita, estando sempre ao meu lado não só como professoras, mas como amigas.

Agradeço as minhas amigas Beatriz, Lola, Ana e a minha irmã Leila, por terem me ajudado a tornar esse livro melhor, não deixando passar nenhum detalhe e sempre me ajudando com seus diversos comentários.

Agradeço também a colaboração da empresa Portal Altas Horas, localizada em Piracicaba, através de seu proprietário Sergio Valdir da Rosa.

E por último, mas não menos importante, sou imensamente grata a minha mãe, por sempre me mostrar o melhor caminho da vida e por ter me incentivado na leitura desde pequena.

CONHEÇA NOSSOS TÍTULOS

ALMA PURA
de *Murillo Pocci*

Daniel Stormheart é o mais jovem reparador embarcações do porto da cidade costeira de Ludarius é durante uma dessas tarefas que ele conhece Elizab Olivier, uma jovem da mesma idade de Daniel e c guarda um segredo obscuro em seu passado. L segredo que envolve uma das maiores descobertas humanidade: o uso do poder das almas. A partir de momento, a vida de nenhum desses dois jovens se mais a mesma, pois o encontro entre Daniel e Elizab seria o estopim para despertar as sombras por trás luta pelo maior poder já criado no mundo: o poder uma alma pura.

A SALVAÇÃO: A HISTÓRIA DE VAMPIRO
de *Diego Sousa*

Daniel é um vampiro que tem sua vida virada cabeça para baixo quando conhece uma garota c tem câncer terminal. Ricardo é o parceiro de Dan e está tentando enfrentar seus demônios intern Então, um grande dilema surge na vida dele: Salvar u garota desconhecida que está com seus dias contad ou seguir em frente com seu companheiro que li com seus próprios problemas? Enquanto isso, u grupo de cientistas está tentando criar uma nova ra de vampiros. A Salvação: Uma História de Vampirc uma história de superação onde mostra que todos n precisamos ser salvos de alguma forma.

EU NÃO AMO VOCÊ
de *Aline Bulla & Jaine Lima*

Uma vilã. Um herói. Uma traição. Analizza abandonc a leitura assim que seu personagem favorito perdeu vida, e agora tudo o que quer é amaldiçoar a vilã a sua quinta geração, ela só não imaginava – nem er seus sonhos mais loucos – que na manhã seguin despertaria estando no corpo de Ametista, a princes traiçoeira. Exatamente dentro do livro que leu. Ela s teria uma chance para mudar o rumo da história. Um única chance para fazer da vilã uma heroína, mas iss realmente será possível?